trans : pocillos

Yusef Álvarez

trans : pocillos

Yusef Álvarez

PAPER BOOKS

Primera edición
© 2023 Javier Y. Álvarez Vázquez

Paper Books, Freiburg i. Br.

ISBN: 978-3-384-03953-8 (Softcover)
ISBN: 978-3-384-03954-5 (Hardcover)

Revisión y corrección: Luis R. Carrera Mannin, Gonzalo Pastor
Ilustración de portada: *The fabulous Frankenstein's monster* (detalle modificado)
(CC) SBS Iceland

Impresión y distribución por encargo de: tredition GmbH, Ahrensburg

A las víctimas sexuales,
ideológicas, medicinales y mentales
de las aberraciones foucaultnianas

I

trans : hembra

identidad

toda un cuerpo de tejidos transpuestos
hecha de órganos mecánicos
bricolaje de carnes y pellejos
pompa de humores lunáticos

respiro ya enculturada
mi existencia cercenada
odre escalpelado de útero seco

caballo de Troya

mis tajos supuran odio y furor
por lo que me hiciera el hombre
con su mirada lasciva en humor
harta de violencia doble

asaltando y penetrando
huyo y del ojo me safo
a un cuerpo androide como un gran tumor

libre de tetas

ay quítame las tetas que me pesan
que en una existencia me hunden
que niego que no haya ojos que las vean
sólo el testimonio juzgue

firmes cicatrices cantan
mártires mi cuento de hadas
la heroica voluntad de los que en pie mean

pasando página

baby girl baby boy qué es lo que soy
lo que quieras machonasa
pageboy pagegirl levántate y te doy
te honra mandinga y acompaña

mandinga bailas mandinga das hoy
mañana otro día será
otro fuego en ti arderá

gritos de cuervo

como a mi alma mutílame el cuerpo
el clítoris ay arráncame
ciérrame la vulva y callen los cuervos
de sus gritos ay libérame

hazlo de una vez aunque no sea cierto
plasma mi ilusión sin treguas
sellan la imagen las lenguas

combate

mi bombita escrotal es fabulosa
aunque se escape la orina
sin permiso la recogen las lonas
de tecnologías muy finas

se arma un vil desgarre bélico
Átropos en suelo pélvico
de ocho mil fibras necrosaron todas

exorcismo

repárame la psiquis bisturí
que me duele como un alma
que no existe ni se debe sufrir
exorcízame las mamas

todo roto que no debió surgir
suéldalo ciérrame libre
y cesen los sombríos timbres

simulacro faloplastia

suma prótesis total transhumano
diversa te doy ensamblada
la lasca de músculo de antebrazo
la uretra tensa y estirada

duro siempre que me culees
y mis injertos me baqueen
mi nuevo bicho es un bulto de parchos

masculinizando

contra el estrógeno doy karatazos
de mis chichos y molleros
a pesar del picadillo de ovario
perpetuo hiedo a hembra por dentro

mis coyunturas se rancian
se me espesa ancha la estancia
cual un fatuo Krankenstein temerario

paciente

mi tejido cicatricial se rompe
hernia ya no me sostiene
adorno de pezones muertos torpe
me arrastro bota sin vientre

anorgánica anorgásmica me roen
las ratas secas que agitan
siempre zurcir la vasija

falotecnia

con mi maravilla hidráulica mulo
lo penetro todo en goces
antes déjame manejar el tubo
la técnica me hace noble

una análoga erogenia
palanca erguida de bohemia
que el nuevo simulacro me abra el mundo

detransición

desilusión devuélveme mi vulva
que me agoto en no llegar
mis dientes contra el fondo de esta tumba
se han roto por remendar

un ser que no quiso ser
el don precioso que fue
vago sin útero vuelta ni luna

II

trans : macho

efectos especiales

tómame en mi abismo de cicatrices
dolorosa de impreñables
tejidos empatados sin raíces
soy tu vértigo entrañable

mi raja te es suficiente
mi morbo tu glande enciende
el resto garganta son tus matices

eunuco sanado

capado por fuera también por dentro
Melquíades ya me lo injerta
porque de las glándulas estoy enfermo
antídoto que flagela

por fin eunuco custodio
de mí misma sin más odio
mi antifaz cubre el vello verdadero

colpopoesía

me han reciclado las sobras sangrientas
de mi embutido carneado
tajada mariposa de entrepierna
de piel origami alado

artificio de mi ensueño
un yo del que no soy dueño
falso rito mi eterna fe violenta

neovagina

encarámate y goza mi hoyo nuevo
chirriemos cual viles bestias
ya no de hule hoy llena estoy de sueños
profundo y no nos encuentran

giles escapamos juntos
nos disolvemos absurdos
con la fe de evitar vivir funestos

intestino

mi vagina intestinal acurruco
en pañales que me salvan
de mis pingadas y de hediondos flujos
que todo apetito espantan

ay que cubran mi peste harta tus zumos
dame en mi sigma repuesto
penetra el antro compuesto

hule de cuero

que este fauno bello y bellaco no huela
en este huracán endógeno
el hule de hilo y hormonas del que estoy hecha
desborde en mí sus andrógenos

que no halle del que me habita sus huellas
relámpago y aplausos pélvicos
químico teatro y epidérmico

performance

qué importa que mi suelo esté dormido
entiérrate tembloroso
que nos hacemos un film hoy juntitos
actuando lo que no somos

lo que cuenta es la escena con dominio
haberla creído fue real
haberla vivido leal

contrarrevelación

mi ira de ofrenda me obliga a obligar
a fracturar cada brazo
de hombre erguido y báculo original
de todo contraste claro

brusca apago toda luz de cristal
sobre mi flor venenosa
sobre mis diarreas nerviosas

Krankenstein

a Jennings se le cayó la totita
sobre el altar carnicero
hoy anda precisamente entumecida
donde busca el rico fuego

qué importa mi hígado no le hace fila
todavía a la última Moira
sin trombos pero con roña

pozo muro

cruzados a la hora de la embestida
hedor a sigma en ungüentos
perversa transita hidráulica erguida
en nuestros parchos envueltos

la angustia de desalientos
de obscuros mórbidos vientos
transhumano hado de chispas perdidas

pena

Willy abrazó tanto el nuevo pronombre
que se lo tatuó en la frente
sapo fofo hormonal Rudolf deforme
víctima eterna demente

paciente rota en quirúrgicas
cadenas necrosis lúdica
Ella es un chasco un Richard un antihombre

por la culata

cómo arreglar un trastorno mental
desequilibrando el cuerpo
trucos de piel glándulas de metal
te disuelven el cerebro

mortal fiasco inacabable
de arreglos irreparables
tu boca victimista y jumental

III

trans : sapiens

consuelo y censura

mi único aliento es poder conservar
el cuento del gallinero
delirio colectivo de corral
de la Morgana un consenso

en alta mar por la borda
condenado quien se oponga
flotan los ahogados bravos de hablar

trilogía abracadabrante

paso uno las represas puberales
dos la manipulación
del hilo bioquímico y sus señales
tres la hoja sin compasión

poda el hacha las leyes naturales
hacia delante un pasito
para atrás dos ay bendito

cruzada de niños

tras las tumbas de Sidi Bou Saïd fluye
una miel de leche y sangre
el camposanto escupe humores y huyen
tiernos sustos en vinagre

el casco rapado el blanco concluye
ultrajemos a los niños
su derecho es la libido

Foucault soter

por un par de monedas vienen a él
Michel a mí todo tómame
al cementerio van quebrándose a él
Michel completito tróncame

sálvame a destiempo de la niñez
que la cordura sujeta
y la salud nos apresa

Juditha

payasita de nariz colorá
nos parodia y a mil nos topea
cuerpos en pura materia no hay más
y textos lengua nos bloquean

genes cricas y pingas son un haz
de artificios patriarcales
puño y mazo culturales

absoluto

cual uróboro va el reo discursivo
levita sin fundamentos
del guiso y la olla no ve lo distinto
se ausenta el discernimiento

el medio y lo mediado hacen un lindo
coctel mágico un crical
tal fábula magistral

materialización

Juditha se atraganta circular
disuelta en representar
sobre el tablero perpendicular
para a escenas asentar

la grutesca esencia particular
del pobre unicornio azul
de los huevos de Masud

empalamiento infantil

cachondos los grutescos los capullos
hollando van en la marcha
dedeando va Montero con orgullo
a los niños de cruzada

como a trastos educando oportunos
en pueril consentimiento
los violan siempre en concierto

esquizofrenia paranoide

tierra me oprime y siento el cielo verde
conmigo huyo la luz me odia
quiero volar más allá de las fuentes
de lo real que no me elogia

me revela el azul constantemente
si el existir me cagara
no puedo con esta carga

victimarios reprochadores

víctimas perpetradoras absueltas
por las reprocheras leyes
de ofendidos que se viven la pepa
con la izquierda lustran penes

pero la médula te la atraviesan
respirando enfermedad
con la derecha crueldad

identicidio

porque me desangro sufro y agonizo
son todos nazis lingüísticos
matando el pronombre con que harmonizo
como duchas de gas íntimo

amenazan mi estancia de abanico
de pendejos no se dejan
coger ni estropear la plena

experimentum in re

ahí va el conejillo de indias pensando
ser un monstruo empoderado
hormonado a patitas va tanteando
en laberíntico engaño

con sus prótesis tan tiernas
electrodos en cabeza
y el panóptico inmune recetando

nota métrica

El pocillo lírico es un poema breve con una rima por lo regular asonante. Consta de dos estrofas: un *cuarteao* la primera y un *soleao* la segunda. Dos versos endecasílabos y dos octosílabos constituyen la estrofa del cuarteao. Sus versos colocados alternadamente constituyen rimas cruzadas, comenzando con un endecasílabo (11-8-11-8). Dos versos octosílabos y uno endecasílabo forman la estrofa del soleao.

Las dos formas estándares del pocillo lírico son, por un lado, el pocillo cerrado y, por el otro, el pocillo abierto. La distinción estriba en la variación del soleao. Mientras que en el pocillo cerrado el soleao comienza con el verso endecasílabo y termina con los dos octosílabos (11-8-8), el soleao del pocillo abierto empieza con los versos octosílabos, culminando con el endecasílabo (8-8-11).

Obsérvese que las rimas del pocillo lírico coinciden con el tipo de verso: los octosílabos riman con los octosílabos y los endecasílabos con los endecasílabos. Nótese también, sin embargo, que la rima gemela o pareada de los octosílabos del soleao puede divergir de la establecida en el cuarteao. En cambio, el endecasílabo del soleao siempre rima con los endecasílabos del cuarteao.

En el contexto del pocillo lírico la sinalefación es muy flexible y no sigue estrictamente las reglas tradicionales, sobre todo en lo que atañe a las vocales tónicas de las palabras fusionadas.

A continuación ofrecemos una esquematización de la estructura formal del pocillo lírico:

pocillo abierto		pocillo cerrado	
——————————	A	————————	A
————————	b	——————	b
—————————	A	————————	A
————————	b	——————	b
———————	c	—————————	A
———————	c	——————	c
—————————	A	——————	c

sobre el autor

Yusef Álvarez (*1977) es oriundo de Carolina, Puerto Rico. Posee un Bachelor of Arts en Humanidades y Filosofía de la Universidad de Puerto Rico (Recinto de Río Piedras), un Magister Artium en Filosofía y Religión Comparada de la Universidad de Heidelberg (Alemania), un primer Doctorado (Dr. phil.) en Filosofía y Fenomenología Clásica otorgado por la Universidad de Friburgo de Brisgovia y un segundo Doctorado (Dr. phil. habil.) en Teoría del Conocimiento y Filosofía de la Ciencia por la Universidad de Leipzig. Ha sido profesor de filosofía en la Universidad de Puerto Rico, la Universidad de Leipzig y la Universidad Ruperto Carola de Heidelberg.

En 1993 debuta como joven poeta en el *Tercer Certamen de Poesía Julia de Burgos*, celebrado en la *Noche Puertorriqueña* por el Municipio de Carolina, siendo galardonado con el primer premio. Sin embargo, no fue hasta publicar su libro *Amén* (2000) que cobró notoriedad como poeta entre los literatos de su país natal. En 2014 obtiene el reconocimiento de un público internacional en diversas ciudades europeas con la publicación de su obra *medio pocillo*. En 2015 publica el poemario *eros pocillos* en el cual continúa elaborando su distintivo estilo de la cacopoiesis (poesía de lo "malo" o de lo "feo"), extendiéndolo al erotismo literario. *trans : pocillos* (2023) es su tercera obra en la forma del pocillo lírico.

índice